Nicht mit meiner Tochter!

Vom Kampf gegen Epilepsie

Raphaela Berger

2. Auflage, September 2018

Nicht mit meiner Tochter!
Vom Kampf gegen Epilepsie

ISBN 978-3-9819321-0-2

Tel. 0179 516 85 23
raphaelaelisabeth@icloud.com
www.raphaelaberger.de

Umschlaggestaltung: Rebekka Berger
Satz: Rebekka Berger

Inhalt

»Mein Kind, achte auf meine Worte
und hör mir gut zu! Lass sie nicht aus
den Augen, bewahre sie in Herz und Sinn!
Denn sie sind Leben für den, der sie findet,
und Gesundheit für den ganzen Leib.«

Sprüche 4,20-22

Prolog

Um es vorweg zu nehmen: Ich glaube an Gott! An den Schöpfer von Himmel und Erde! Und schon aufgrund diesem Sichtbaren, das so wunderschön gemacht ist, glaube ich an einen *guten* Gott, der es *sehr gut* mit uns Menschen meint. Warum sonst hätte er alles so wunderbar machen sollen?

Das allein aber ist nicht meine Glaubensgrundlage, sondern sie basiert auf Gottes Wort, wofür ich so dankbar bin, dass ich es kaum ausdrücken kann! Warum? Weil es das Einzige ist, das sich über die Zeiten nicht verändert hat so, wie Gott sich nicht verändert! Mir hilft das, in den Stürmen des Lebens zu bestehen, weil ich weiß: Auf Gott ist Verlass! Mit seinem Wort habe ich eine »Lebensführungsgebrauchsanweisung« die, vorausgesetzt ich kenne sie und lebe danach, dazu führt, dass mein Leben gelingt. Du erwartest, denke ich, auch nicht, dass ein Eierlikörkuchen aus dem Ofen kommt, wenn du die Zutaten für ein Brot zusammengerührt hast, oder? Was soviel bedeutet wie: *»Mach was Gott sagt, so wie er es sagt, damit du hast, was er sagt.«*

So wie ich an Gott glaube weiß ich, dass es einen Teufel gibt, der es nicht nur *nicht gut* mit uns Menschen meint, sondern dem alles daran gelegen ist, uns zu vernichten. Du kannst das ignorieren, was aber meiner Meinung nach ebenso unklug ist, wie das Gesetz der Schwerkraft oder andere Naturgesetzte zu ignorieren: die Folgen werden sichtbar werden.

Dieses Buch wird dich stellenweise herausfordern, du wirst hin und wieder den Kopf schütteln oder dir an die Stirn tippen – macht nichts, solange am Ende herauskommt, dass du Gott besser kennen lernst und beginnst, mehr auf dein Herz, durch das er auch zu dir spricht, zu hören, als auf deinen Verstand. Denn das wird dir helfen, Entscheidungen in Übereinstimmung mit Gott zu treffen und dadurch mehr und mehr das Leben zu haben, das er ursprünglich für dich vorgesehen hat: nämlich ein Leben im Überfluss.

Die Bibel sagt uns in Johannes 10,10:
»Ein Dieb (der Teufel mit seinen Helfern) will rauben, morden und zerstören. Ich (Jesus Christus) aber bin gekommen, um ihnen das Leben in ganzer Fülle zu schenken.«

Was soviel bedeutet wie: ein qualitativ absolut hochwertiges Leben – und das in jedem Bereich! Es lohnt sich also umzusetzen, was Gott sagt, und u.a. nachfolgenden Rat zu befolgen:

»Vertraue von ganzem Herzen auf den HERRN und verlass dich nicht auf deinen eigenen Verstand. Denke an Ihn, was immer du tust, dann wird er dir den richtigen Weg zeigen Bilde dir nichts auf deine Weisheit ein, sondern fürchte den HERRN und meide das Böse. Das macht dein Leben gesund und du bekommst neue Kraft.« (Sprüche 3,5-8)

Ich bete, dass der Segen Gottes zu dir und durch dich fließt!

»Aus heiterem Himmel«

Irgendwie weiß ich gar nicht so recht, wie bzw. wo ich anfangen soll. So viele Gedanken, Bilder, Erinnerungen, die mich beschäftigen, wenn ich an unsere Tochter denke. Rebekka, mittlerweile 23 Jahre alt, ist eine hübsche, junge Frau, die ihr Leben seit nunmehr fast fünf Jahren selbstständig und »fern der Heimat« lebt. Nach ärztlichem Verständnis (zumindest derer, die wir im Laufe »unserer Geschichte« kennen lernten) ein »Unding«; völlig leichtsinnig, um nicht zu sagen, verantwortungslos.
Warum? Rebekka teilte jahrelang ein Schicksal, das mehr Menschen in unserem Land betrifft, als ich mir vorher je gedacht hatte; vorausgesetzt, ich hätte mir darüber Gedanken gemacht. Aber wie das oftmals ist im Leben: Solange man nicht konfrontiert wird, ist man nicht interessiert. Was nachvollziehbar und auch nicht verwerflich ist. Allerdings bedeutet »eine Sache« mit vielen zu teilen nicht unbedingt, dass sie dadurch einfacher oder leichter wird, denn jeder macht so seine ganz eigenen Erfahrungen und hat unterschiedliche Wahrnehmungen, die sicher auch ein Stück weit von den Reaktionen der Umwelt geprägt werden.

Rebekka hatte epileptische Anfälle.

Bewusst wähle ich die Vergangenheitsform, weil ich über die Jahre erkannt und verstanden habe, dass unser Denken und Sprechen durchaus größere Auswirkungen hat, als uns das oftmals bewusst ist. Wir – du und ich – gehen meist viel zu phlegmatisch oder gar leichtfertig mit unseren Worten um, ohne die Kraft, die Macht, schlicht das Potenzial dahinter zu erkennen. Aber das vorerst nur am Rande.

Begonnen hatte alles sprichwörtlich »aus heiterem Himmel« am 30. November 2008. Ein Datum, das ich nicht vergessen habe, weil es unser bis dahin friedvolles Leben zunächst einmal »auf den Kopf stellte«. Es war ein strahlender, sonniger Sonntagmorgen, der erste Advent, und wir wollten zum Gottesdienst. Ich weckte unsere damals 14-jährige Tochter, die an diesem Tag nur sehr widerwillig und mürrisch aufstand. Es war noch nicht viel Zeit vergangen, als ich ein komisches Geräusch im Badezimmer hörte. Weil sie auf mein Rufen nicht reagierte, öffnete ich – Böses ahnend – mühsam von außen die verriegelte Badezimmertür.
Der Anblick, der sich mir bot, war schrecklich, denn Rebekka war von außen in die Dusche gefallen, wo sie völlig verdreht, am ganzen Körper zuckend und krampfend mit weit aufgerissenen Augen, aber ohne Bewusstsein lag. Ich tat das unklügste, das man in einem solchen Moment tun kann: ich zerrte sie aus der Dusche. Unglaublich, welche Kräfte man in Notzeiten entwickeln kann. Viel später erst wurde mir bewusst, dass sie sich ja hätte an der Wirbelsäule verletzt haben können. Wie dankbar war ich, dass das, wie sich später herausstellte, Gott sei Dank, nicht der Fall gewesen war.

Nachdem ich meinen Mann und Sohn um Hilfe geschrien hatte, knieten wir zu dritt um Rebekka und beteten. Völlig

erleichtert waren wir, als sie wieder zu sich kam und uns erkannte.
Interessant: Niemand von uns war in dieser ganzen Aufregung auf den Gedanken gekommen, einen Notarzt zu rufen – was uns aber erst viel später auffiel.

An diesem Morgen gingen wir nicht mehr in den Gottesdienst.

Wir »verbuchten« das Erlebte unter »feindlichem Angriff«, sprich, dass der Teufel uns durcheinanderbringen wolle. Das Wort »Epilepsie« kam niemandem von uns in den Sinn und wir gingen relativ bald wieder zur Tagesordnung über.

Keine zwei Wochen später hatte Rebekka den nächsten Anfall, der diesmal besonders schlimm für unseren damals 16-jährigen Sohn war. Er war mit ihr allein daheim. Da ich zu der Zeit mein Elternhaus ausräumen musste, war ich hunderte von Kilometern weit weg und mein Mann bereits auf dem Weg zur Arbeit. Manuel musste mit ansehen, wie es seiner Schwester ging, ohne ihr wirklich helfen zu können. Für ihn eine furchtbare Erfahrung, die seinen Glauben an Gott zu erschüttern begann.
Aber auch diesmal kam weder ihm noch uns in den Sinn, einen Notarzt hinzuzuziehen. Nicht, dass wir uns dagegen verwehrt hätten – wir dachten schlichtweg nicht an diese Möglichkeit, was mich besonders jetzt beim Schreiben auch wieder nachdenklich macht. Sehr herausfordernde Jahre hatten begonnen.

Als unser Kind im Verlaufe eines Anfalls ungebremst die Steintreppe in unserem Flur hinunterfiel, war klar, dass geprüft werden musste, was los war, bzw. ob sie sich schwerwiegendere Verletzungen zugezogen hatte.
Rückblickend staune ich über die Bewahrung, die Rebekka widerfahren war – in dieser und in mittlerweile ungezählten (nach dem 65. Anfall hatte ich aufgehört zu zählen) anderen Situationen, die über die Jahre folgten. Es gab Zeiten während derer sie bis zu zwei (Grand mal[1]) Anfällen in der Woche hatte. Mir ist bewusst, dass es Menschen gibt, die deutlich mehr Anfälle in kürzeren Zeiten erleben – uns »hat es gereicht«. Nichts war mehr, wie es vorher war.

Wir alle lebten von nun an in ständiger Spannung und jedes »unpassende« Geräusch trieb den Adrenalinspiegel schlagartig in die Höhe, denn es konnte signalisiert haben, dass Rebekka in einem Anfall irgendwo aufgestanden war, nur um dann ungebremst irgendwohin zu stürzen. Es gab nie vorwarnende Anzeichen, die einen Anfall angekündigt hätten. Besonders schlimm war für mich eine Situation, bei der Rebekka und ich uns kurz zuvor unterhalten hatten. Ich drehte ihr nur kurz den Rücken zu, um am Schreibtisch etwas zu schauen und in diesem Moment schlug sie hinter mir dirckt auf die Steinfliesen – das, obwohl ich keinen halben Meter neben ihr gestanden hatte. Es war furchtbar.

1 Bei einem Grand mal-Anfall hat der Betroffene keinerlei Kontrolle über seinen Körper und ist i.d.R. ohne Bewusstsein. Die größte Gefahr ist zunächst die Sturzgefahr und die daraus möglicherweise resultierenden Verletzungen.

Unser Leben wurde zu einer einzigen »Hab Acht«-Haltung. Selbst allein irgendwo unterwegs, war ich in Alarmbereitschaft. Gerade erinnere ich mich an eine Frauenkonferenz, zu der ich als Sprecherin eingeladen worden war. Ich lag im Hotelbett, als es draußen auf dem Flur polterte. Sofort saß ich senkrecht, das Herz raste und ich musste mich erst orientieren, um dann zu erkennen, dass Rebekka ja gar nicht dabei war, also auch nicht der »Auslöser« für das Poltern gewesen sein konnte.
Manuel, der zu Hause sein Zimmer direkt neben ihrem hatte, war hoch sensibilisiert und stand sofort in ihrem Zimmer, sobald er auch nur das Geringste wahrnahm, das auf einen Anfall hätte hindeuten können. Auch für die beiden als Geschwister eine höchst belastende Situation.
Weil es meinem Mann und mir ähnlich erging wie Manuel, kamen wir tatsächlich oftmals noch gerade rechtzeitig dazu, um sie vor einem Sturz bewahren zu können. Aber es gab mindestens ebenso viele Situationen, die uns zeigten, dass wir »eben nicht alles im Griff haben«. Ungezählte Situationen, in denen Gottes Gnade und sein Wort sichtbar wurden, denn die Bewahrung, die Rebekka in all diesen Jahren, bei der hohen Zahl von Anfällen und den damit verbundenen Stürzen erfahren hatte, würde ein weiteres Buch füllen. Sie hat sich nie einen Knochen gebrochen oder schwerwiegendere körperliche Verletzungen davon getragen. Auch die Tatsache, dass sich fast alle Anfälle in einem »geschützten« Rahmen, sprich meist im Familienkreis und nur selten am Arbeitsplatz oder außerhalb ereigneten, nehmen wir als Gnade und Bewahrung Gottes wahr.

Nimm nichts, was dir nicht gehört!

Rebekkas Glaube an die Hilfe Gottes und ihr Ehrgeiz halfen ihr, trotz dieser schweren Zeit einen guten Schulabschluss zu absolvieren. Es gab Tage an denen sie nach einem Anfall in die Schule ging, um anstehende Klausuren mitschreiben zu können – und nicht nachschreiben zu müssen. Ich habe sie bewundert für diese »Jetzt erst Recht«-Haltung, was aber nicht bedeutet, dass sie, Manuel und auch mein Mann und ich nicht immer wieder innere Kämpfe »auszufechten« gehabt hätten. Geschrieben sind diese Ereignisse relativ schnell – sie zu durchleben war, gelinde gesagt, äußerst herausfordernd. Für jeden von uns. Auf unterschiedlichste Art und Weise.

Für Manuel bspw. war es nur sehr schwer zu verkraften, mit ansehen zu müssen, was mit seiner Schwester passierte, obwohl wir alle den Weg mit Gott gingen. Warum konnte Gott so etwas Schlimmes zulassen, wenn er doch ein liebender Gott ist? Eine Frage, die sich viele Menschen in den unterschiedlichsten Situationen oft stellen.
Anfangs suchten wir noch in alle möglichen Richtungen nach der Ursache für die Anfälle. Hatte Rebekka sich zu viele japanische Serien oder ähnlich Esoterisches angesehen, das ihr nun zu schaffen machte? War in unseren »Ahnengalerien« oder Herkunftsfamilien irgendeine Schuld, die nicht »erledigt« war? Hatte ich mit zu vielen Geschmacksverstärkern, Glutamaten u.a. gekocht? Fragen, Fragen und keine Antworten.

Zwischenzeitlich war Rebekka zweimal in einer Spezialklinik, um gewisse Untersuchungen über sich ergehen zu lassen, die letztendlich kein »Ergebnis« brachten, uns aber zeigten, dass sich die involvierten Ärzte über eine weitere Vorgehensweise nicht wirklich einig waren, dies aber nicht offen kommunizierten. Fragte ich konkret, ob sie mit ihren Kindern den uns empfohlenen Weg einschlagen oder ihnen die Medikamente so geben würden, wie uns geraten, wich »Arzt« mir aus. Unbefriedigend und nicht ermutigend.

Wie dankbar waren wir, nicht allein auf unseren Verstand angewiesen gewesen zu sein, sondern immer wieder Gott um Hilfe, Wegweisung, Bewahrung und Rat fragen zu können. Auf dem langen Weg zur Heilung gab es so manche Begebenheiten, die uns inmitten des Sturmes »auf Kurs hielten«. Zwei von ihnen werde ich noch näher ausführen.

Unabhängig davon aber war jeder neue Tag die Herausforderung »auf's Wasser« zu gehen. Was bedeutet, im Glauben an Jesus und den Blick auf ihn statt die Umstände gerichtet, zu handeln. Denn egal, ob Rebekka zum Bus, vom Bus in die Schule, in oder von der Schule nach Hause unterwegs war; ob sie später im Betrieb ihre Arbeiten an den Maschinen oder irgendwelche Besorgungen zu erledigen hatte, bei denen sie auch bspw. Rolltreppen benutzte; ob wir sie allein zu Hause ließen – wir alle mussten vertrauen, dass sie nicht in einem Anfall ungebremst irgendwo stürzt. Die Fragen, wer, wann und in welchem Maße informiert werden musste, waren auch nicht leicht zu beantworten. Sollten bspw. die mitfahrenden Schulkinder Bescheid wissen, falls auf dem Schulweg etwas passieren würde? Die Busfahrer, die Lehrer, später Kollegen und Vorgesetzte? Was würde das mit jedem einzelnen von ihnen machen und dann in ihrem Umgang mit unserem Kind? Sollten wir tatsächlich einen Behindertenausweis beantragen und sie ein »Bändchen« tragen lassen, damit im »Falle eines Falles«...? Wieder Fragen über Fragen.

Da wir bis heute davon ausgehen, dass sich Gottes Wort in ihrem Leben erfüllt, verwehrten wir jede Form der »Festlegung« in die falsche Richtung.
Was meine ich damit? Wie bereits eingangs erwähnt, können wir unseren Mund, unsere Worte sehr zielführend einsetzen. Selbst der Volksmund kennt den Spruch: *»Red es dir nicht herbei!«* und meint damit, dass man keine negativen Dinge aussprechen soll. Gottes Wort fordert uns auf, das Richtige zur richtigen Zeit zu sagen und mit unseren Worten zu segnen, statt zu fluchen:

»Die Zunge hat Macht über Leben und Tod; wer sie gut nutzt, genießt ihre Frucht.« (Sprüche 18,21)

»Zu fluchen« meint nicht explizit zu formulieren: »Ich verfluche dich!«, sondern unsere Worte können dann zum Fluch werden, wenn wir sie immer wieder aussprechen bzw. etwas gesagt wird, dass direkt in das Herz dessen fällt, der damit gemeint ist.
Wenn du jemandem immer wieder sagst, dass er nichts kann und ein Versager bleiben wird, wird sich dies als

Fluch auswirken und Wahrheit im Leben der betroffenen Person werden. Du kannst dies, wenn du aufmerksam durchs Leben gehst, feststellen. Jemand, der permanent »die Nase voll hat« von irgendwelchen Bereichen in seinem Leben, muss sich nicht wundern, wenn er ständig mit Schnupfen, Erkältung u.ä. zu kämpfen hat.

Die Beispiele lassen sich beliebig ergänzen und es lohnt sich wirklich, darüber nachzudenken. Manche Menschen stecken in Lebenssituationen, die ihnen nicht gefallen aufgrund der Tatsache, dass sie ihre Worte unbedacht wählen oder jemandem glauben, der seine Worte über sie unbedacht gewählt hat.

Was bedeutete dies jetzt in unserem Fall?

Rebekka war nie eine »Epileptikerin«, sondern eine junge Frau, die epileptische Anfälle hatte. Wir ließen diese Titulierung nirgends zu und verwehrten uns auch gegen irgendwelche Maßnahmen, die sie praktisch mit der Epilepsie »verbunden hätten«.

Hierzu wieder ein paar erklärende Worte: Im Verlaufe unseres Lebens waren uns immer wieder Menschen begegnet, die zwar einerseits gesund werden wollten, andererseits aber – lass es mich so formulieren – »Vergünstigungen«, die ihnen durch Krankheit entstanden wären, wie z.B. ein Behindertenausweis oder irgendwelche Krankenkassenzahlungen, unbedingt durchsetzen wollten.
Mit unserem Verständnis von Gottvertrauen war dies nicht

zu vereinbaren. Ein Behindertenausweis hätte Rebekka direkt mit der Epilepsie »verbunden« und damit hätten wir etwas für sie angenommen, das ihr gemäß Gottes Wort nicht gehört.

Krankheit kommt nicht von Gott. Die Schrift ist auch an diesem Punkt sehr klar, wenn man sich näher mit ihr auseinandersetzt. Wenn Krankheit also nicht von Gott kommt, woher dann? Ich denke schon, dass es sich lohnt, darüber nachzudenken und sich so zu verhalten, wie es dir deine Mutter bestimmt auch schon beigebracht hat: *»Nimm nichts, was dir nicht gehört!«*

Hände weg vom Baum der Erkenntnis!

Zurück zu unserem Alltag. Informiert hatten wir nur Menschen, die in Verantwortung standen, wie z.B. ihre Lehrer und die späteren Vorgesetzten. Mitschüler zu involvieren hielten wir für absolut kontraproduktiv, da wir zunächst einmal Ängste geschürt hätten und sie Rebekka vermutlich nicht mehr unvoreingenommen hätten begegnen können. Wir mussten uns auf Gott verlassen! Und lernen am und im Gebet »festzuhalten« – etwas, das uns Menschen oftmals schwer fällt, denn wir möchten meist lieber etwas *tun*, als beten und vertrauen. Stimmt's?

Für uns aber war das die einzige Chance, ihr ein weitestgehend »normales« Leben zu ermöglichen, von dem wir wussten, dass das mit dem Willen Gottes übereinstimmt. Egal wo und wie sie unterwegs war: sie war eingebettet in unsere Gebete – vor allem aber in Gottes Gnade!

Gerade erinnere ich mich an unseren Griechenlandurlaub 2011. Der erste Urlaub am Meer, seit unsere Kinder klein gewesen waren und wir drei, mein Mann, Rebekka und ich, freuten uns sehr darauf. Unser Sohn war damals schon berufstätig und konnte deshalb nicht dabei sein. Wir genossen die Sonne, das gute Essen – und das Meer. Wir hatten extra drei Ausrüstungen gekauft und sind mit unserer Tochter zum Schnorcheln gegangen – völlig unverantwortlich, wenn man auf den Verstand hört. Genauso unverantwortlich, wie die Motorradfahrt, die mein Mann mit ihr machte, während ich am Strand lag – und betete.

Warum erzähle ich dir solche »verrückten« Sachen? Sicher nicht, damit du denkst, wir seien besonders verantwortungslos oder aber besonders mutig!
Nein – ich lasse dich einfach an unserem Herzen und an unserem Verständnis von der Liebe Gottes teilhaben und bete, dass du ermutigt wirst, mehr auf dein Herz zu hören, als auf deinen Verstand oder den Verstand und die Erfahrungen oder Meinungen anderer.

Unsere Tochter sollte ein möglichst »normales« Leben führen und Dinge tun, die ihr Freude bereiten. Beides, das Schnorcheln ebenso, wie das Motorradfahren waren Herzenswünsche von ihr und wir waren dankbar, ihr diese erfüllen zu können. Noch heute denkt sie mit Freude daran zurück.

Als Rebekka dann nach der Schule, mehr aus Vernunftgründen, denn aus Freude eine Ausbildung bei einer bekannten Optikerkette begann, verschlimmerte sich ihr gesundheitlicher Zustand insofern, dass sich zu den Grand mal-Anfällen eine weitere Epilepsie-Form, sogenannte Absencen[2], entwickelten. Dies hatte zur Folge, dass sie kaum in der Lage war, drei, vier zusammenhängende Sätze zu sprechen, ohne dann wieder sekundenlang abwesend zu sein und dabei Dinge zu sagen oder zu tun, die völlig ohne Zusammenhang waren.

2 Absencen sind zumeist wenige Sekunden anhaltende reine Bewusstseinsstörungen.

So konnte es passieren, dass sie mit einem Kunden im Gespräch war, sich unbeabsichtigt aus dem Gespräch entfernte, um sich dann irgendwo an einem Regal wiederzufinden, ohne zu wissen, wie sie dorthin gekommen war, geschweige denn, was sie dort wollte. Eine überaus belastende Situation, die jedoch von anderen offensichtlich nicht als so schlimm wahrgenommen wurde, wie sie für Rebekka tatsächlich war. Wir aber sahen ihren leeren, teilnahmslosen Blick, erkannten, dass sie aus Unsicherheit immer weniger sprach und sich innerlich zurückzog.
Hinzu kamen betriebliche Herausforderungen, die zur Folge hatten, dass die Vorgesetzten in ihrer Filiale innerhalb eines Ausbildungsjahres drei Mal wechselten und einen völlig unterschiedlichen Führungsstil pflegten.

All diese Umstände verbunden mit der Wahrnehmung, dass sich Rebekkas gesundheitlicher Zustand zunehmend verschlechterte, veranlasste uns als Eltern, ihr zu raten die Ausbildung abzubrechen. Die Angst, dann ganz ohne Abschluss und damit »minderwertig« zu sein, wurde durch die sehr guten Leistungen, die Rebekka trotz aller Widrigkeiten in ihrer Ausbildung erbracht hatte, ein wenig minimiert. Sie erhielt sogar eine Prämie von ihrem damaligen Ausbildungsbetrieb. Menschlich gesehen war der sehr gute Notenschnitt nicht möglich gewesen – und ist an dieser Stelle auch nur erwähnt, um dir zu zeigen, dass mit Gottes Hilfe nichts, *gar nichts* unmöglich ist.

Bis dahin waren seit dem ersten Anfall vier Jahre vergangen; eine Zeit, die wir ohne Medikamente, im Glauben und Vertrauen auf göttliche Hilfe gegangen waren. Betont sei nochmals ausdrücklich, dass wir *genau diese*, immer wieder auch erleben und erkennen durften. Das erste schließt das zweite ja oftmals nicht unbedingt ein.

Allmählich hatten sich die Absencen verabschiedet, was soviel mehr an Lebensqualität und Freude zurückbrachte – ihr, genauso wie uns. Wir erlebten sehr innige »Mutter-Tochter«-Zeiten, aber auch Zeiten, in denen »die Nerven blank« lagen. Als Familie wurden wir noch enger »zusammengeschweißt« und die Tatsache, dass wir in unserem Verständnis der weiteren Vorgehensweise nie unterschiedlicher Meinung waren, empfanden wir ebenfalls als sehr großen Segen und Bestätigung.

Natürlich hatte ich von Anfang an begonnen mir Wissen bzgl. der Krankheit anzueignen; hatte, wie schon erwähnt, versucht, sämtliche möglichen (und unmöglichen) Ursachen für die Krankheit zu finden, in Internet-Chats mitgelesen, wie sich Betroffene untereinander austauschten – nur um dann anschließend frustriert und entmutigt vor dem PC zu sitzen. Menschlich gesehen gab es keine Chance auf völlige Genesung.

So bewirkte jede Information, jedes gelesene Schicksal, jeder gut gemeinte Rat (auch von anderen gläubigen Menschen), dass ich mich immer mehr gegen Angst, Zweifel und daraus resultierenden Unglauben wehren musste. Und natürlich gegen jeden Gedanken, der Rebekkas Zukunft – aus menschlicher Perspektive – betraf. Angst wurde zu einem ständigen Begleiter, der mir manchmal den Brustkorb zu und die Luft abschnüren wollte. Zeitweise fühlte ich mich wie gelähmt und erledigte meine Aufgaben eher »mechanisch« als bewusst.

Das war, in stark gekürzter Ausführung, die eine Seite. Ja, ich glaubte, dass Gott es gut mit ihr und auch uns meint. Aber ich wusste noch nicht, was der Wille Gottes zum Thema Gesundheit ist. Meine Gebete begannen oft mit: *»Vater Gott, wenn du willst...«*
Ich kannte weder den Willen Gottes zu dem Thema, noch meine, bzw. die Autorität, die jeder Gläubige hat.

Irgendwann war dann der Satz in meinem Herzen: *»Hände weg vom Baum der Erkenntnis!«*
Ich hatte verstanden: Jede »menschliche« Information würde es mir schwerer machen, meinen Glauben und auch den meiner Familie zu bewahren. Denn jede Information, die ich weiter tragen würde und die sich nicht deckt, mit dem, was Gott zu der ganzen Situation sagt, wäre/ist absolut kontraproduktiv, denn der Glaube wächst nicht aus dem Hören menschlicher Informationen (hast Du das auch schon erlebt?), sondern aus dem Hören von Gottes Wort:

»Der Glaube kommt also aus dem Hören der Botschaft und die Verkündigung aus dem Wort von Christus.« (Römer 10,17)

Wem vertraust Du?

So entwickelte sich die andere Seite in mir. Hatte ich also zuvor nicht gewusst, was der Wille Gottes für Rebekka war, änderte sich dies, je mehr ich in der Schrift forschte. Je mehr ich das Wort Gottes studierte, je mehr ich darüber las, wie Jesus den Menschen begegnet war und was er für sie getan hatte und je mehr mir klar wurde, dass Jesus das Wesen des Vaters widerspiegelt, umso klarer wurde mir: Gottes grundsätzlicher Wille ist, dass es seinen Kindern *gut* geht und sie *gesund* sind:

»Und wer mich (Jesus) sieht, sieht den, der mich gesandt hat (den Vater = Gott).« (Johannes 12,45)

»Der Dieb (Teufel) kommt, um zu stehlen, zu schlachten und zu vernichten. Ich (Jesus) aber bringe Leben — und dies im Überfluss.« (Johannes 10,10)

Gottes Wille für Rebekka war und ist also ein gesundes Leben. Und das deckt sich mit dem, was wir von Anfang an ganz tief in unseren Herzen wussten, nämlich, dass die »Geschichte« *gut* ausgehen wird – wenn wir Gott vertrauen. Auf diesem Weg aber gab es immer wieder Stationen, wo uns nahegelegt wurde zu handeln, statt zu vertrauen. Laut ärztlicher Aussage hätten wir Rebekka nicht mehr ohne Helm und auf keinen Fall alleine, also unbeaufsichtigt irgendetwas machen lassen dürfen. Sie könne in der Badewanne ertrinken, dürfe nicht Fahrradfahren oder andere sportliche Dinge, wie z.B. Rollerblades fahren. Sie ohne Medikamente ihr Leben führen zu lassen war und ist in den Augen der Ärzte höchst verantwortungslos. Natürlich konnten wir all die Argumente sehen und aus der Sicht Außenstehender auch nachvollziehen. Und trotzdem hatten wir kein »Ja« dazu. Hätten wir, hätte ich mich von der Angst leiten lassen, würde unsere Tochter genau so leben, wie von Ärzten und anderen Menschen vorausgesagt: eingeschränkt in ihren Handlungen und »gesteuert« von Medikamenten.

Wie dankbar war ich, als mir klar wurde, dass ich mich nicht nur nicht von Ängsten leiten lassen soll, sondern ganz im Gegenteil, die Angst gar Auslöser sein kann, für Dinge, die ich befürchte. Hiob zeigt dir und mir sehr deutlich, was ich meine:

»Was ich gefürchtet hatte, ist über mich gekommen und wovor mir graute, das kam über mich. Ich war nicht ruhig und ich rastete nicht, und ich ruhte nicht; da kam das Toben.« (Hiob 3,25+26)

Ich hatte verstanden: Es war wichtig, sich gegen die Angst, von der die Schrift und sehr deutlich sagt, dass sie ein Geist ist, nämlich ein Geist der Angst (2. Timotheus 1,7), zu wehren, und sich nicht von ihr »vereinnahmen« bzw. zu falschen Entscheidungen verleiten zu lassen.

So begannen meine Gebete nicht mehr mit: *»Vater Gott, wenn Du willst, dass sie gesund ist...«*, sondern ich begann, mit Gott »gemeinsame Sache« zu machen, indem ich:

1. seinem Wort glaubte, das mir an so vielen Stellen zuspricht: *»Fürchte dich nicht!«*.

2. mich bewusst gegen die Angst wehrte/wehre, was zugegebenermaßen mal einfacher, mal schwerer und auch manchmal nicht gelungen ist.

3. Gottes Wort und seine Verheißungen ganz konkret gegen die Angst setze. Wie das praktisch aussieht, zeige ich dir ein wenig später.

Aber warum war es uns so wichtig, ohne Medikamente weiter zu gehen?

Bei allem gebotenen Respekt der Ärzteschaft gegenüber, gab es auch dort Menschen, die zwar uneingeschränktes Vertrauen von uns forderten, aber wenig vertrauenserweckend waren und nicht bereit, unsere Fragen zu beantworten. Man sagte uns bspw., dass jeder Anfall Gehirnzellen abtöten würde und verwies auf die Folgen. Medikamente seien der einzige Weg – und schon hier zeigten sich die unterschiedlichen Meinungen bei der Wahl der Präparate. Zu sehen, wie es anderen Patienten erging, zu hören, welche Medikamente sie bekamen, und die damit verbundenen »Nebeneffekte« besonders auch bei den Kindern in der Klinik zu beobachten, gaben uns das Gefühl, dass in diesem Bereich eher »versucht«, als »gewusst« wurde.
Der erste von uns konsultierte Arzt bspw. hatte mit

Vehemenz gefordert, Rebekka nur das Präparat einer bestimmten Firma zu geben. Gleich beim ersten Besuch hatte er mir fünf (!!!) Packungen davon mitgegeben, ohne überhaupt das Ergebnis vom MRT abgewartet oder irgendwelche anderen Untersuchungen eingeleitet zu haben. Die Medikation erfolgte ausschließlich aufgrund dessen, was ich ihm erzählt hatte. Auf meine Frage, ob denn die ganze Sache mit der Hormonumstellung aufgrund der Pubertät zu tun haben könne, war die Antwort: *»Kann sein — aber auch dann wäre das das Medikament der ersten Wahl. Auf keinen Fall irgendwelche anderen — auch, wenn sie nach Apothekeraussage die gleichen Inhaltsstoffe haben. Sie geben ihrer Tochter die Tabletten sofort — und dann mindestens fünf (!!!) Jahre lang!«*

Diese Aussage und Forderung ließ mich aufhorchen. Es gab keinen Raum für weitere Rückfragen, kein Verständnis dafür, dass ich mit dieser mehr oder weniger zwischen Tür und Angel verordneten Behandlung tatsächlich überfordert war.
Nachdem ich den Beipackzettel gelesen und mit meinem Mann gesprochen hatte, war klar, dass wir unserer Tochter die Tabletten vorerst nicht geben würden. Stattdessen schaute ich beim nächsten Arzttermin genauer hin, um so kurze Zeit später festzustellen, dass besagter Arzt in seinem Sprechzimmer Bücher stehen hatte zum Thema »Tarotkarten legen«. Mich interessierte, ob diese nur zu Dekozwecken im Regal stünden, oder ob sich Herr Doktor damit befasse. Seine Antwort war gleichzeitig Antwort für unsere weitere Vorgehensweise, denn er bekannte sich offen dazu,

das Wissen aus diesen Büchern auch anzuwenden.
Die Schrift aber sagt uns ganz deutlich, dass Wahrsagerei (worunter nach meinem Verständnis das Kartenlegen gehört) ein Gräuel ist für Gott:

»Wenn ihr jetzt in das Land kommt, das der HERR, euer Gott, euch gibt, dann übernehmt von den Völkern dort keinen ihrer abscheulichen Bräuche! Niemand von euch darf seinen Sohn oder seine Tochter als Opfer verbrennen, niemand soll wahrsagen, zaubern, Geister beschwören oder Magie treiben. Keiner darf mit Beschwörungen Unheil abwenden, Totengeister befragen, die Zukunft vorhersagen oder mit Verstorbenen Verbindung suchen. Wer so etwas tut, ist dem HERRN zuwider. Gerade wegen dieser abscheulichen Bräuche vertreibt er die anderen Völker und gibt euch ihr Land. Ihr aber gehört zum HERRN, eurem Gott. Darum haltet ihm allein die Treue!« (5. Mose 18,9-14)

Mein Mann und ich waren uns einig und so sprach ich das Thema in einem weiteren Gespräch offen bei dem Neurologen an. Zwar bezweifelten wir nicht dessen Kompetenz, konnten ihm aber aufgrund unseres Verständnisses vom Wort Gottes her unsere Tochter nicht anvertrauen. Unabhängig davon waren wir über lange Jahre fast »hautnah« mit dem Schicksal einer seiner Patientinnen konfrontiert, die ebenfalls unter epileptischen Anfällen zu leiden hatte und schon seit Jahren mit Medikamenten behandelt worden war. Wir hatten den körperlichen Verfall und die seelischen Folgen mehr oder weniger permanent vor Augen.

Epilepsie ist eben nicht einfach ein Schnupfen oder eine Entzündung irgendwo im Körper, die man gezielt mit Medikamenten behandeln kann, um die Genesung herbeizuführen. Medikamente gegen Epilepsie dienen nicht zur Heilung. Jeder seriöse Arzt wird zugeben, dass Epilepsie nicht mit Medikamenten zu heilen ist.

Warum? Weil man meist die Ursache nicht kennt und es zu viele verschiedene Formen davon gibt. Kennt man die Ursache, wie bspw. eine Hirnverletzung, Vernarbung oder einen Tumor im Gehirn, sieht die Sache möglicherweise anders aus. Liegt aber kein sichtbarer bzw. erkennbarer Grund vor, dienen die Medikamente lediglich dazu, die Anfallshäufigkeit zu reduzieren, sind aber kein Garant dafür, dass keine Anfälle mehr auftreten. Die Nebenwirkungen der uns über die Zeit genannten bzw. empfohlenen Tabletten aber, sind dermaßen schwerwiegend, dass wir uns sehr lange dagegen entschieden. Schließlich ging es nicht um eine tropfende Nase, sondern um Einwirkungen direkt auf das Gehirn unserer Tochter. Unfruchtbarkeit, Depressionen und Zucker waren nur einige der weiteren möglichen Nebenwirkungen, die wir vom Beipackzettel verstanden hatten. Ärzte darauf angesprochen zuckten nur die Schultern – nach dem Motto: *»Selbst schuld, wenn Sie das alles lesen und mir nicht vertrauen.«*

Medizin für Leib und Seele

Mittlerweile wussten wir, dass die uns eingangs so lieblos präsentierte Aussage, dass bei jedem Anfall Gehirnzellen abstürben, so nicht stimmt und waren zwischenzeitlich mit Menschen ähnlichen Schicksals konfrontiert worden – Menschen, deren Lebensqualität durch die Medikamente eben nicht dauerhaft besser, sondern im Gegenteil, nach einer gewissen Zeit deutlich schlechter geworden war.

So gab es einen Montagmorgen an dem ich wieder mit meiner Müttergebetsgruppe beieinander saß. Seit Jahren trafen wir uns als Mütter einmal wöchentlich, um gemeinsam für unsere Kinder, deren Lehrer und Schulen zu beten. An diesem Morgen ging es mir sehr schlecht, weil Rebekka tags zuvor wieder einen Anfall gehabt und die Häufigkeit zugenommen hatte. Meine konkrete Frage an Gott war, wie es weitergehen solle und insgeheim hatte ich mir, gegen mein Herz vorgenommen, dass sie jetzt doch Medikamente nehmen müsse.

An diesem Tag kam eine junge Frau dazu, die ich bisher nicht gekannt hatte. Ich war der Meinung, dass sie über eine meiner anderen beiden Freundinnen dazu gestoßen sei und hinterfragte das nicht weiter. Nachdem unsere Gebetszeit beendet war, bat diese mich, ob sie mich alleine sprechen dürfe und so nahm ich sie mit zu mir. Dort erzählte sie mir unter Tränen von ihrem Mann. Der habe auch als Teenager epileptische Anfälle gehabt und sei dann medikamentös eingestellt worden. Nach einigen

Jahren sei er geheilt gewesen und habe auch Ruhe gehabt. Bis kurz vor seinem 30. Lebensjahr. Dann seien die Anfälle schlimmer zurück gekommen denn je und nun wüssten die Ärzte sich keinen Rat mehr. Alle möglichen Medikamente seien bereits ausprobiert worden – auch in Kombinationen – aber er sei quasi »austherapiert«.

Das saß!

Meine Frage, ob wir Rebekka behandeln lassen sollten, war einmal mehr nach meiner Wahrnehmung sehr deutlich mit »Nein« beantwortet worden.

Die junge Frau habe ich nie mehr gesehen oder etwas von ihr gehört – meine Freundinnen waren an besagtem Morgen davon ausgegangen, dass sie über mich zum Gebet gekommen sei...

So gingen wir also den Weg besagte vier Jahre lang. Die einzige Medizin, die wir anwandten, war das Wort Gottes:

»Mein Sohn (meine Tochter), achte auf meine Worte und hör mir gut zu! Lass sie nicht aus den Augen, bewahre sie in Herz und Sinn! Denn sie sind Leben für den, der sie findet, und Gesundheit für den ganzen Leib.« (eine andere Übersetzung sagt: *»Sie sind wie Medizin für deinen Leib«*)
(Sprüche 4,20-22)

Meine, unsere Gebete begleiteten Rebekka vom Aufstehen weg bis zum Schlafengehen. Bibelworte, die Gott uns zugesprochen hatte und damit seine Hilfe zugesagt, waren ständige Begleiter und immer, wirklich *immer*, die einzige wirkliche Hoffnung, der einzig wirkliche Trost, den wir hatten, wenn gerade wieder ein Anfall überstanden war.

Selbst für uns hört es sich unglaublich an: aber Tatsache ist, dass nach und nach die Gewissheit stieg: *Rebekka ist geheilt!* Statt von Anfall zu Anfall mehr zu verzweifeln, wurden wir von Gottes Frieden getragen. Das Wort aus Jesaja 26,3 erfüllt(e) sich buchstäblich in unserem Leben:

»[...]Frieden, ja Frieden gibst du dem, der dir vertraut.«

Der Mensch ohne Gott würde uns vermutlich irgendwo »einweisen« lassen – der Mensch, der Gott kennt, weiß, dass man manchmal schwere Zeiten durchgeht. Nicht, weil Gott das so für uns vorgesehen hat, sondern weil wir das ein oder andere noch nicht erkannt, nicht umgesetzt oder einfach das »andere Ufer noch nicht erreicht haben und im Sturm stecken« (siehe Markus 35,40). Gott selbst stellt traurig fest:

»Mein Volk kommt um aus Mangel an Erkenntnis.«
(Hosea 4,6a)

»Darum wird mein Volk gefangen wegziehen aus Mangel an Erkenntnis.« (Jesaja 5,13a)

Dabei hat Gott Gedanken des Friedens und des Wohlergehens für seine Kinder im Sinn:

»›Denn ich weiß ja, was ich mit euch vorhabe‹, spricht Jahwe. ›Ich habe Frieden für euch im Sinn und kein Unheil. Ich werde euch Zukunft schenken und Hoffnung geben.‹« (Jeremia 29,11)

Aber wir »arbeiten« oftmals gegen ihn statt mit ihm zusammen. Und müssen dann unter den Folgen leiden. Selbst, wenn das unbeabsichtigt oder unbewusst geschieht. Letztendlich sind wir herausgefordert, den Willen Gottes für uns mehr und mehr zu erforschen, machen aber meist den Fehler zu denken, sein Wille geschieht ja so oder so und wir haben eh keinen Einfluß darauf. Die Schrift lässt uns aber dazu etwas ganz anderes wissen:

»Seid also nicht leichtsinnig und gedankenlos, sondern begreift, was der HERR von euch will!« (Epheser 5,17)

»Denn ihr sollt den HERRN mit eurem Leben ehren und ihn erfreuen mit allem, was ihr tut. Euer Leben wird dann als Frucht alle Art von guten Werken hervorbringen, und ihr werdet Gott immer besser verstehen.« (Kolosser 1,10)

So sind wir also aufgefordert, uns mit dem Wort Gottes auseinanderzusetzen, um seinen Willen zu erkennen und dann auch zu tun. Wenn also das Wort Gottes in 1. Petrus 2,24b sagt: *»[...]Durch seine (Jesu) Striemen seid ihr heil geworden.«* dann lernten wir, diese göttliche Wahrheit auszusprechen unabhängig davon, was wir im Augenblick sahen.

Der Verstand schrie: »Bist du komplett verrückt geworden?! Wie kannst du sagen, sie ist geheilt? Siehst du nicht, wie sie da liegt? Wie unsensibel du bist, du Fanatikerin!«
Das Herz flüsterte: »Ich weiß, dass sie die Gesundheit hat! Ich weiß, dass sie ein Leben führen wird ohne Abhängigkeiten von Medikamenten oder Menschen, denn es steht geschrieben: ›*Doch man hat ihn durchbohrt wegen unserer Schuld, ihn wegen unserer Sünden gequält. Für Rebekkas Frieden ertrug er den Schmerz, und sie ist durch seine Striemen geheilt.*‹ (nach Jesaja 53,5)«
Der Verstand schrie: »Ganz ehrlich – du hast sie doch nicht mehr alle! Willst du dein Kind komplett ins Verderben rennen lassen mit deinem Fanatismus?! Glaube ist ja ganz schön und gut, aber du siehst doch, was hier los ist! Mach es ihr doch nicht noch schwerer, als sie es eh schon hat!«
Das Herz flüsterte: »Ich *weiß* – sie wird ein schönes Leben führen. Ohne Helm tragen zu müssen, ohne dauernd ›unter Beobachtung‹ zu sein. Sie wird ein fröhliches, unbeschwertes Leben führen und die Dinge machen, die ihr Freude bereiten! Denn es steht geschrieben: ›*Auf, Seele, preise Jahwe, und vergiss es nie, was er für Rebekka tat. Er vergibt ihr all ihre Schuld. Er ist es, der all ihre Krankheiten heilt, der ihr Leben vom Verderben erlöst, sie mit Liebe und Erbarmen bedeckt, der sie mit Gutem sättigt ihr Leben lang und ihr wie beim Adler das Jungsein erneuert.*‹ (nach Psalm 103,2-5)«
Der Verstand, immer vehementer werdend: »Mach dir doch nichts vor – sie wird nie einen Führerschein machen!

Sie wird nie ein normales Leben führen wie andere! Du bist wirklich völlig übergeschnappt, wenn du diesen ganzen Quatsch glaubst. Und überhaupt – schonmal darüber nachgedacht, was die Leute sagen?«
Das Herz flüsterte: »Was sie durchlebt hat, wird für Millionen Menschen zum Segen werden, weil sie erfahren werden, dass Gott gut, sein Wort wahr und in ihrem Leben wirksam ist. Denn es steht geschrieben: *›Er schickte sein Wort und heilte Rebekka.‹* (nach Psalm 107,20a)«
Der Verstand meldete sich noch aufdringlicher wieder: »Siehst du nicht, dass selbst deine gläubigen Freunde dein/euer Verhalten zu extrem finden? Du kannst Gottes Wort nicht so wörtlich nehmen. Das siehst du doch! Wenn es wahr wäre, warum hat deine Tochter dann immer noch Anfälle? Du redest immer vom *guten* Gott – aber, wenn er gut ist, warum tut er dann nichts dagegen? Du verteidigst ihn so vehement und willst nur allen zeigen, dass du Recht hast – aber du hast nicht Recht. Sie ist nicht geheilt und sie wird auch nie geheilt sein! Gib's halt einfach zu – und gib endlich auf!«
Das Herz nur noch ganz leise und zögerlich: »Aber ich *weiß* dass Gott gut ist und sein Wort wahr ist! Ich kann nicht anders, als daran festzuhalten. *Denn es steht geschrieben: ›So erfüllte sich, was durch den Propheten Jesaja vorausgesagt worden war: ›Er hat Rebekkas Leiden auf sich genommen und ihre Krankheiten getragen.‹‹* (nach Matthäus 8,17)«

Sieg!

So »arbeiten« wir mit Gott zusammen und achten darauf, in Übereinstimmung mit seinem Wort zu sprechen, um zu empfangen, was seinem Willen entspricht. Römer 10,10 fordert uns auf, *zu sprechen, was wir glauben, damit geschehen kann, was wir glauben.*

Gehen wir also noch einmal zurück in das Jahr 2012. Rebekka hatte einen Anfall in der S-Bahn erlitten. Der Notarzt wurde geholt und sie mit meiner Erlaubnis ins Krankenhaus gebracht, was sie mir seinerzeit sehr verübelte. Dort verabreichte man ihr dann erstmals Medikamente, die sie über einige Wochen nahm, was zur Folge hatte, dass wir unser Mädchen nicht mehr wiedererkannten. Sie zog sich total zurück, schloß die Türen hinter sich ab, war kaum noch ansprechbar und äußerte Todesgedanken – auch schriftlich. Rebekka wurde zunehmend depressiver und war trotz der Medikamente nicht anfallsfrei.

Das war die Zeit in der wir ihr rieten, die Ausbildung abzubrechen. Anfangs war sie unsicher, aber als sie sich mit dem Gedanken anderer Möglichkeiten auseinandersetzte, bekam sie wieder ein wenig Hoffnung. Parallel dazu sprachen wir bei einer anderen Neurologin vor und schilderten ihr die Umstände. Diese war der Meinung, dass die verordneten Medikamente zu stark für Rebekka seien und verschrieb ihr andere. Inzwischen war ich auch mit einer Ärztin in Kontakt gekommen, die mir erklärt hatte, dass die Epilepsiemedikamente absolute Vitamin D-Killer seien und damit das Wohlbefinden eines Patienten stark einschränken würden. Sie riet mir dringend dazu, Rebekka Vitamin D-Tabletten verschreiben zu lassen, bzw. in der Apotheke zu besorgen. Tatsächlich hatte dies eine enorm positive Wirkung auf unser Kind.

Während dieser ganzen Phase geschahen zwei weitere wichtige Dinge: Rebekka bewarb sich bei SRS[3] um ein FSJ (Freiwilliges soziales Jahr) im Bereich Mediengestaltung. Parallel versuchten wir einen stationären Platz in einer Klinik zu bekommen, die bekannt für ihre Kompetenz im Bereich Epilepsie sein sollte. Wir baten Gott um Wegweisung und vertrauten, dass Rebekka den richtigen Weg geleitet werden würde.
Als von SRS die Antwort kam, dass diese Stelle leider erst im September 2013 zur Ausschreibung stehen würde, reagierte sie nicht enttäuscht, sondern antwortete sinngemäß, dass Gottes Wille geschehen solle. Offenbar bewirkte diese Aussage etwas und die junge Frau, die Rebekka kontaktiert hatte, antwortete ihr, dass sie mit ihrem Vorgesetzten sprechen wolle, ob die besagte Stelle nicht doch schon früher »geschaffen werden« könne. Das war Anfang Oktober 2012.

Wie sich später herausstellte, war die junge Frau die Tochter des Leiters von SRS und tatsächlich lud man Rebekka zu einem Vorstellungsgespräch ein. Am 26. Oktober

---

3 »Sportler ruft Sportler« ist eine christliche Organisation, die Menschen weltweit das Evangelium über den Sport vermittelt.

2012 fuhren wir mit unserer Tochter knappe 600 km in den Westerwald, wo sie fast drei Stunden mit den beiden verantwortlichen Personen beieinander war. Nach ihrem Gespräch kamen die drei freudestrahlend zurück und waren so verblieben, dass sie alle eine Woche beten und Gott fragen wollten, ob dies Rebekkas Platz sei. Natürlich hatte sie hier offen über die Anfälle gesprochen. Beide Parteien kamen nach der besagten Zeit überein: Rebekka würde am 21. Januar 2013 bei SRS beginnen und ein Freiwilliges soziales Jahr dort absolvieren.

Hatte ich schon erwähnt, dass Gott Unmögliches möglich machen kann – wenn wir ihm nicht »drein pfuschen«? Er hatte extra für Rebekka einen Arbeitsplatz geschaffen! Mich überwältigt das noch im Nachhinein!

Während all der Vorbereitungszeit auf SRS hatten wir nichts von der Klinik gehört. Wohlmeinende Stimmen rieten uns, doch nochmal, nachzuhören – vielleicht seien ja unsere Papiere dort nicht angekommen. Das entsprach nicht unserem Verständnis von »Vertrauen«. Wir waren der Meinung, »unseren Teil« getan zu haben und vertrauten nun darauf, dass sich die richtige Tür für Rebekka öffnen würde, ohne für »geöffnete oder geschlossene Türen« zu beten. Denn inzwischen hatten wir erkannt, dass Gott seine Kinder durch seinen Heiligen Geist, und einen damit verbundenen Frieden, leitet.

Rebekka unterschrieb ihren Vertrag bei SRS kurz vor Weihnachten – in der Woche nach Weihnachten bekamen wir einen Anruf von der Klinik: Rebekka hätte am nächsten Tag dort »einchecken« können...

Wie dankbar waren wir für den Vertrag bei SRS! So fuhren wir unsere Tochter also am 20. Januar 2013 (kurz vor ihrem 19. Geburtstag) 600 km weit von zu Hause weg und es begann für Rebekka, die vorher davon überzeugt gewesen war, nie so weit von zu Hause weg zu gehen, ein neuer Lebensabschnitt. Auch jetzt, wenn ich darüber nachdenke, sehe ich, dass Gott ihr wirklich immer wieder Engel zur Seite gestellt hat.

Wusstest du, dass Engel nicht leicht als solche zu erkennen sind und auch selten Flügel haben? Spaß beiseite – für uns gehören Rebekkas Vorgesetzte und Kollegen zu dieser Kategorie. Wie dankbar sind wir noch heute für die offenen Türen und offenen Herzen, die wir bei SRS gefunden haben und wie anders wäre Rebekkas Leben verlaufen, wäre sie in der Klinik an einem Ort unter lauter kranken Menschen gewesen. Hier in Altenkirchen (Westerwald) nahm man sie als die junge, kreative Frau, die sie ist und förderte sie in ihrer Kreativität, aber auch in ihrem Glaubensleben.
Unsere Tochter konnte den „Abnabelungsprozess" von daheim sehr sanft durchlaufen, da sie anfangs direkt vor Ort im Hotel wohnen, ihre Wäsche unter Anleitung der freundlichen Hausdame waschen und bügeln, sowie in einer naheliegenden Bibelschulkantine gemeinsam mit anderen Kollegen zu Mittag essen konnte. Besser hätte der Auszug in die Selbstständigkeit nicht verlaufen können!

War es ein Riesenschritt gewesen, sie loszulassen, half es doch zu wissen, dass sie sehr gut untergebracht und wertgeschätzt war. Ein engagierter Kollege nahm sie sogar mit auf eine Missionsreise nach Peru. Das war im Juni 2014 und dort bekam Rebekka für sich die Antwort, die bis dahin genommenen Medikamente abzusetzen, was sie ohne Probleme zu haben, einfach tat.

Von Goldfischen und Teichen...

Wenn ich über ihr Leben nachdenke überwiegt die Freude darüber, wie Gott sie geführt, geleitet und in allem bewahrt hat. Immer wieder steigen Erinnerungen auf, die mich neu staunen lassen über Situationen und Begegnungen, die mir zeigen: Gott war und ist immer, *wirklich immer*, dabei bzw. darin!
Nur weil wir manchmal in Gruben sitzen, aus denen wir nicht raus zu kommen scheinen, heißt es nicht, dass Gott uns dort hinein gesetzt hat, bzw. will, dass wir darinnen sitzen. Oder aber wir sind in Situationen, die sich zwar schlimm anfühlen, uns aber, wie Römer 12,28 sagt, *nur zum Besten dienen müssen* – vorausgesetzt, wir »springen nicht vorher ab« und entziehen unserem Gott das Vertrauen.

Eine Geschichte soll dir verdeutlichen, was ich meine: Als ich damals in besagtem Jahr 2008 mein Elternhaus ausräumen musste, weil meine Mutter nach dem Tod meines Vaters in eine kleinere Wohnung umzog, mussten wir uns überlegen, was wir mit den Goldfischen in dem heimischen Teich machen wollten. Es war bereits Anfang Dezember. Die umliegenden Baumärkte hatten das Sortiment wie erwartet umgestellt und aktuell keinen Bedarf mehr an Fischen. Wohin also damit? Es gab weder einen Tümpel oder Weiher geschweige denn einen See in der Nähe und durch die Toilette wollten wir sie – mit Verlaub – auch nicht spülen. Also – was tun?

Plötzlich kam mir eine zündende Idee: Warum fragten wir nicht in der Nachbarschaft? Vielleicht gäbe es irgendwo jemanden, der auch einen Gartenteich hätte und sich über Zuwachs freuen würde?
Gesagt, getan. Ich klapperte die Nachbarschaft ab und tatsächlich fand sich eine offene Tür besser gesagt, ein offener Teich. Eine freundliche Frau hatte freudig zugestimmt, die Fische in ihrem Teich mitwohnen zu lassen, nachdem ich ihr die Situation geschildert hatte.
Super! Das Leben der Fische schien gerettet. Das Problem war nur: die Fische wussten das nicht. Und irgendwie schien es sie auch nicht sonderlich zu interessieren, denn als ich versuchte, sie mit dem Kescher aus ihrem bisherigen Zuhause zu holen, tauchten sie einfach ab. Sie konnten nicht erkennen, dass Gefahr im Verzug und »die Messer schon gewetzt waren«. Also entschwanden sie in die untersten Regionen des kleinen Teiches, den mein Vater ihnen lange zuvor gestaltet hatte. Nur mühsam konnte ich nach vielen Versuchen die Fische einzeln herausholen und in einen bereitgestellten Bottich umsiedeln. Jetzt aber wurde es noch mühsamer; für meine Mutter und mich, aber auch für die Fische. Denn wir mussten den schweren, mit Wasser und Fischen gefüllten Bottich einige Straßenzüge weit schleppen. Dabei wurden die Tiere natürlich ganz hübsch durcheinander geschaukelt. Wie mag es ihnen wohl ergangen sein? Vermutlich dachten sie (vorausgesetzt sie dachten) ihr letztes Stündlein habe geschlagen. Vor allem, weil wir immer öfter stehen bleiben, den Bottich absetzen und Wasser abschütten mussten. Ganz schön eng wurde es für die Fische und sie waren so eben noch mit

Wasser bedeckt, als wir endlich am Ziel ankamen.
Versuche ich mich in ihre Situation zu versetzen, denke ich, dass sie vermutlich mit ihrem Leben abgeschlossen hatten und ohne Hoffnung waren. Schon gar nicht mit Hoffnung auf etwas *viel* Besseres, als sie es je gehabt hatten! Wären sie aber vorzeitig aus dem Bottich gesprungen, hätte sie das definitiv ihr Leben gekostet. Umgekehrt: Hätten sie vorher gewusst, was auf sie wartet, wären sie sicher ruhiger geblieben, als sie waren.

Ahnst du schon ein wenig, wohin ich mit dir möchte? Aufgrund dessen, was Gottes Wort uns verspricht und dem tiefen Wissen, dass er sein Wort niemals bricht, sondern, im Gegenteil, dafür sorgt, dass geschieht, was er sagt, wenn wir ihm vertrauen, bleiben wir bildlich gesprochen »im Bottich« und vertrauen darauf, bald im »Teich der Verheißung« zu landen.

Im Zusammenhang mit »unserer Geschichte« bedeutet dies, dass wir nach wie vor an dem festhalten, was Gott uns verheißen hat. Und das waren durchaus unterschiedliche Worte für jeden von uns – aber letztendlich führen sie alle dahin uns zu zeigen, dass Rebekka und somit auch wir, den Sieg in ihrem Leben sehen, den Jesus Christus am Kreuz für sie, ebenso wie für dich und mich bezahlt hat.
Wichtig ist, dass wir nicht »aussteigen«, bevor wir haben, was Gott uns versprochen hat, bzw. sind, wohin Gott uns führen will. Zu hören, was in all dem sein und was unser Part ist, ist nach meinem Empfinden immer wieder

mal mehr, mal weniger schwierig. Das wiederum hängt ab davon, wie eng meine Verbindung zu Gott und zum Heiligen Geist ist, bzw. wie »gut die Leitung steht«. Du weißt, wie schwierig es ist zu telefonieren, wenn du ein schlechtes oder gar kein Netz hast. Oder rundum eine hohe Geräuschkulisse. Oder, wenn du abgelenkt bist, weil du vielleicht parallel im Internet surfst, in der Küche am Herd stehst, oder Zeitung liest. Du weißt schon, wie ich es meine. Es gibt unzählige Möglichkeiten, die dein Telefonat stören können. An dir liegt es, die Störfaktoren auszuschalten, bzw. dir einen ruhigen Platz und eine gute Zeit zum Telefonieren zu suchen.

Nichts anderes ist es im Gespräch mit Gott: Du wirst ihn, seine Antworten, seinen Rat, seine Warnungen oder Wegweisungen nur sehr schlecht oder gar nicht hören können, wenn du nicht »auf Empfang« bist.

Manuel bspw. bekam seine Antwort Jahre später, als er für sich ganz allein und ohne Ablenkung in Neuseeland unterwegs war. Hier waren seine »Herzensohren auf Empfang« und so konnte er hören, wie Gott ihm seine, Jahre zuvor gestellte, Frage beantwortete. Von dort weg, war es ihm leichter möglich, mit der Situation umzugehen und weiter zu vertrauen.

Wir alle also »blieben im Bottich« und üben uns weiter darin, immer besser »auf Empfang« zu sein. Rebekka hatte damals ihr FSJ um ein halbes Jahr verlängert und sich dann in einer Medienagentur beworben. Leider war zu dem Zeitpunkt kein Ausbildungsplatz frei, aber man machte ihr aufgrund ihrer Bewerbung das Angebot für ein bezahltes Jahrespraktikum. So zog sie im August 2014 um nach Wetzlar, zunächst in eine WG und anschließend im Mai 2015 in eine eigene kleine Wohnung. Seit 2015 befindet sie sich dort in der Ausbildung zur Mediengestalterin, was ihren Begabungen entspricht und woran sie totale Freude hat. Sie darf in einer angenehmen Atmosphäre unter netten Kollegen und Vorgesetzten arbeiten, ist gern gesehen und hat Erfolg in ihrem Beruf. Im kommenden Jahr wird sie ihre Ausbildung beenden und sich wieder Richtung Heimat orientieren – denn mal ehrlich: das Chiemgau ist schwer zu toppen, oder?

Noch immer ist nicht alles leicht. Noch immer gibt es Herausforderungen. Noch immer müssen wir alle uns mal mehr, mal weniger gegen Gedanken der Angst wehren. Aber: Noch immer steht die Gnade und die Zusage unseres Herrn und Heilandes! Noch immer steht *sein* Wort! Bis in alle Ewigkeit unabänderlich – zuverlässig!

In einer der schweren »Nach-Anfall-Zeiten« hatte ich das Wort bekommen nach Johannes 9,3-5:

»›Es ist weder seine Schuld noch die seiner Eltern‹, erwiderte Jesus. ›Er ist blind, damit Gottes Macht an ihm sichtbar wird. Wir müssen den Auftrag von dem, der mich gesandt hat, ausführen solange es noch Tag ist. Es kommt die Nacht, in der niemand mehr wirken kann. Doch solange ich noch in der Welt bin, bin ich das Licht der Welt.‹«

Wenn ich also Rebekka telefonisch oder per E-Mail nicht erreiche, kann ich den Bildern, die der Teufel mir sofort zu »senden« versucht, glauben, oder dem, was Gott mir (u.a. mit diesem Wort) versprochen hat. Und entgegen allem, was mein Verstand oder mein Adrenalinspiegel mir versucht zuzurufen, entgegen der Angst, die sich sofort wieder um meinen Brustkorb schnüren und den Hals zudrücken will, die mich lähmen und zum Zweifeln bringen will, meldet sich das Herz: »Ich weiß an wen ich glaube und ich weiß, dass Gott gut, sein Wort wahr und für alle Zeiten unabänderlich ist. Ich *kann* und ich *will* nichts anderes, als daran festzuhalten! Denn es wirkt in unserem Leben!«

Noch ist es »Tag« (die Zeit vor der großen angekündigten Trübsal) – noch kann Gottes Auftrag erfüllt und Menschen mit ihm in Kontakt gebracht werden.

So ist auch mit diesem Buch mein Gebet verbunden, dass du Gott als denjenigen kennen lernst, der er ist. Liebevoll und barmherzig wartet der Schöpfer von Himmel und Erde, er, der jeden Tag dafür sorgt, »dass uns der Himmel nicht auf den Kopf fällt«, er, der alles geschaffen hat und in seinen Händen hält, auf – *dich*! Was für ein Gott!

Er fordert nichts von dir – sehnt sich aber nach dir und einer Beziehung mit dir. Willst du ihm nicht antworten?

Beziehung zu Gott – wie geht das?

Lieber Herr Jesus,

ich komme jetzt zu dir, so wie ich bin. Mit all meinen Schwächen und Fehlern, mit meiner Vergangenheit und meiner Schuld.

Ich habe gehört, dass du mich liebst, deshalb suche ich dich und die Beziehung zu dir. Ich habe dein Rufen gehört und treffe die Entscheidung, dir mein Leben anzuvertrauen. Ich will nicht mehr meinen Willen durchsetzen, meine Wege gehen — nur, um am Ende festzustellen, dass ich in einer Sackgasse gelandet bin.

Lieber Herr Jesus, ich brauche Befreiung, Vergebung meiner Sünden und Schuld. Ich glaube, dass du für meine Sünden am Kreuz von Golgatha gestorben bist und damit den Preis für mich bezahlt hast — ein Opfer, dem ich nichts hinzufügen kann, das ich aber dankbar annehme.

Danke, dass du mich kennst und trotzdem liebst! Ich treffe heute die Entscheidung, mein Leben nach deinem Willen auszurichten und mich von dir leiten zu lassen.

Amen

Übersicht der zeitlichen Entwicklung

30. November 2008	Rebekka hat den ersten epileptischen Anfall.
	Dazwischen zwei weitere Anfälle.
19. Januar 2009	Erstes EEG und Kernspin.
	Dazwischen ein weiterer Anfall.
11. Februar 2009 bis 19. Februar 2009	Erster Krankenhausaufenthalt.
	Dazwischen 22 weitere Anfälle.
24. Juni 2010 bis 30. Juni 2010	Abschlussprüfungen und Abschluss der Mittleren Reife.
	Dazwischen ein weiterer Anfall.
15. Juli 2010	Erstmalig Absencen.
	Dazwischen 14 weitere Anfälle.
1. September 2011	Beginn der Ausbildung bei einem Augenoptiker-Unternehmen.
	Dazwischen 12 weitere Anfälle.

27. April 2012	Absencen gehen zurück.
	Dazwischen vier weitere Anfälle.
28. Juli 2012	Anfall in der S-Bahn mit nachfolgendem Krankenhausaufenthalt. Erste Einnahme von Medikamenten (Keppra).
	Heftige Nebenwirkungen aufgrund der Medikamente; bis hin zu Todesgedanken.
	Dazwischen ein weiterer Anfall.
1. Oktober 2012	Abbruch der Ausbildung.
	Dazwischen ein weiterer Anfall.
21. Januar 2013	Beginn des Freiwilligen sozialen Jahres bei SRS.
	Dazwischen zwei weitere Anfälle.
25. Mai 2013	63. Anfall und vorerst der letzte.
10. Juni 2013	Absetzen des Medikaments Keppra; stattdessen Lamotrigin.

12. Juni 2014 bis 26. Juni 2014	Missionarischer Einsatz von SRS in Peru.
22. Juli 2014	Absetzen der Medikamente.

Innerhalb der folgenden drei Jahre insgesamt sieben weitere Anfälle.

Wir halten fest:
»*Er (Gott) schickte sein Wort und heilte sie.*« (Psalm 107,20a)

Mehr über Mutter und Tochter

Raphaela Berger ist seit mittlerweile 28 Jahren dankbar und glücklich verheiratet mit Armin. Sie haben drei erwachsene Kinder (ein angeheiratetes) und sind seit Ende 2017 Großeltern. Als gelernte Bankkauffrau und Referentin für Bankkaufleute kennt Raphaela die Seiten des beruflichen »Karrierelebens« ebenso wie das »Hausfrau- und Mutter-Dasein«.
Nach dem Motto: *»Nichts ist so gut, als dass es nicht noch besser werden könnte«* leitet sie seit mehr als 15 Jahren Eheseminare für Frauen und begleitet gemeinsam mit ihrem Mann junge Paare in die Ehe bzw. bereits verheiratete Paare in der Ehe. Sie ist sowohl bei Frauentreffen als auch anderen Veranstaltungen als Referentin gefragt, denn eines ihrer Anliegen ist es, Menschen Mut und sie mit der Liebe Gottes bekannt zu machen.

Rebekka Berger ist 23 Jahre alt und beendet im kommenden Jahr ihre Ausbildung zur Mediengestalterin. Schon früh wurden ihre kreativen und künstlerischen Talente offensichtlich. Auch sie hat bereits ein (Kinder-) Buch geschrieben und illustriert (»Das verlorene Schaf«). Ihre Illustrationen finden sich neben den hier aufgeführten Büchern auch in Kalendern und auf Karten, in Zeitschriften und auf anderen Medien.

Mehr von Raphaela Berger

Raphaela Berger
Säe, was du ernten willst

Paperback, 14,8 x 10,5 cm
104 Seiten
EUR 4,90
ISBN 978-3-9819321-1-9

Siehst du in deinem Kind, was Erzieherinnen, Lehrer, Verwandte, Nachbarn oder Freunde sehen – oder siehst du, was Gott sieht?

Arbeite mit Ihm zusammen daran, dass sich dein Kind zu dem wertvollen Menschen entwickeln kann, der es ist! Gott hat dir dein Kind nicht zugemutet – sondern zugetraut.

Es braucht dich!

Mehr von Raphaela Berger

Raphaela Berger
Hab keine Angst!

Paperback, 14,8 x 10,5 cm
144 Seiten
EUR 6,90
ISBN 978-3-9819321-2-6

»Was ich gefürchtet hatte, ist über mich gekommen«, sagt Hiob und zeigt uns damit eine elementare Wahrheit: Angst kann Unheil auslösen!

Dieses Büchlein wird dir helfen, Gottes »Fürchte dich nicht!« ganz persönlich zu hören.

Damit dein Leben gelingt.

Mehr von Raphaela Berger

Raphaela Berger
Warum hat mir das niemand früher gesagt?

Paperback, 12,5 x 19 cm
108 Seiten
ISBN 978-3-9819321-4-0

»Warum hat mir das denn niemand früher gesagt?« – dieser Satz begegnet mir immer häufiger auf meinen Seminaren und Vorträgen. Gefolgt von: *»Ach, jetzt wird mir manches klar!«*

Gott selbst sagt durch seinen Propheten:
»Mein Volk kommt um aus Mangel an Erkenntnis.« (Hosea 4,6)

Und leider ist es genau das, was ich zunehmend feststelle: Ehen und Familien gehen auseinander, weil Missverständnisse und fehlendes Wissen von Zusammenhängen zu angeblich »unüberbrückbaren Differenzen« führen, oder dazu, dass Ehen erst gar nicht geschlossen werden. Lügen, die durch Kirchen und falsch verbreitete Bibellehre in die Ehen und Schlafzimmer Einzug gehalten haben, taten das Übrige. Die Folgen sind weitreichender und zerstörerischer, als man sich eingestehen mag. Dem soll dieses Buch entgegenwirken.

Demnächst

Raphaela Berger
Aus der Quelle leben

Paperback, 14,8 x 21 cm

Kein Andachtsbuch für jeden Tag, denn hier findest du Gedanken, die dich in den 52 Wochen des Jahres auf alltagstaugliche Weise mit der Liebe Gottes bekannt machen. Du hast Zeit, dich intensiver mit einem Thema zu befassen und Platz für Notizen.